D1510594

LA COLLECTION

À CHEVAL !

Une collection ni pour le primaire ni pour le secondaire... mais pour lecteurs au galop et au petit trot

Des histoires pour lecteurs indomptables

Des récits fringants pour s'atteler à la lecture

De la lecture au trot vers la lecture au galop

Emballant !

Dans la nouvelle collection **À cheval !**, le héros affronte des bêtes sauvages, une nature hostile, fait des excursions de chasse ou de pêche, des enquêtes policières, des tournois de sport, et affronte même des fantômes !

Le jeune héros a du nerf, de l'astuce, de la force physique et de l'honneur. De la compétition, du défi, en veux-tu ? en voilà !

La collection À CHEVAL !

Monte avec nous !

Marie-France Desrochers

Le Plan V

Éditions de la Paix

Le Conseil des Arts
du Canada

The Canada Council
for the Arts

Nous remercions le Conseil des Arts du Canada de l'aide
accordée à notre programme de publication.

Nous reconnaissons l'aide financière du gouvernement
du Canada par l'entremise du Programme d'aide au
développement de l'industrie de l'édition (PADIÉ) pour
nos activités d'édition.

Marie-France Desrochers

Le Plan V

Illustration Jean-Guy Bégin

À cheval !, no 1

Éditions de la Paix

pour la beauté des mots et des différences

© 2003 Éditions de la Paix

Dépôt légal 1er trimestre 2003
Bibliothèque nationale du Québec
Bibliothèque nationale du Canada

Imprimé au Canada

Illustration Jean-Guy Bégin
Graphisme Vincent Gagnon
Révision Jacques Archambault

Éditions de la Paix
127, rue Lussier
Saint-Alphonse-de-Granby
Québec J0E 2A0
Téléphone et télécopieur **(450) 375-4765**
Courriel **info@editpaix.qc.ca**
Site WEB **http://www.editpaix.qc.ca**

Données de catalogage avant publication (Canada)

Desrochers, Marie-France,

   Le plan V
   (À cheval !)
   Comprend un index.
   Pour les jeunes de 10 ans et plus.
   ISBN 2-922565-73-4

I. Bégin, Jean-Guy. II. Titre. III. Collection.
PS8557.E842P52 2003   jC843'.6   C2003-940202-9
PS9557.E842P52 2003
PZ23.D47PI 2003

À mes amours

Vital et Alexandra

À mon amie, Lorraine

LE PLAN « M »

Le ménage de ma mère

— Non Mathieu ! Je ne peux pas aller au parc. Je veux finir le ménage de ma chambre

Pauvre Mathieu, il ne comprend rien à rien. Il me croit malade parce que ce soir, je préfère le ménage, à la planche à rou-lettes. Il ne sait pas encore que je veux à tout prix une nouvelle bicyclette, et que pour l'obtenir, je suis prêt à faire quelques heures de dur labeur dans le nettoyage intensif de ma chambre. Lorsque je mets un plan à exécution, je ne le dévoile jamais, même pas à mon meilleur copain, Mathieu. Aujourd'hui, c'est mon plan « M » comme ménage, comme maman. Je la connais maintenant ma douce mère, Mireille. Ça fait douze ans et quelques mois que je suis son fils unique. Ça crée des liens !

Je sais très bien comment obtenir tout ce que je veux, surtout depuis l'an dernier. Mon père est parti vivre à cinq kilomètres d'ici, à la campagne, où je vais le rejoindre une semaine sur deux. Ça fait drôlement mon affaire, car depuis que mes parents ont divorcé, c'est devenu simple comme bonjour de leur faire accepter mes demandes. Ma grand-mère paternelle répète sans arrêt : « Parent en conflit, fils pourri ». Peut-être ! Malgré tout, je compte bien profiter du fait qu'ils se sentent coupables de divorcer, car ça ne dure pas longtemps. Mathieu me l'a dit l'autre jour. Après un maximum de deux ans, les parents se remettent d'accord sur tous les sujets brûlants comme les résultats scolaires, les nouveaux jouets, les sorties, etc.

Je regarde ma chambre immaculée et j'ai la certitude que je l'aurai, mon vélo de montagne. On pourrait manger sur le plancher reluisant. Je le fais d'ailleurs très souvent, même quand il n'est pas propre, comme ce soir. Ce qui explique que j'ai découvert sous mon lit un verre de yogourt à moitié vide. En fait, ça devait être du lait quand je l'ai oublié là, à côté d'une tranche de pain extrêmement sec dont la couleur me laisse croire qu'elle était tartinée de beurre d'arachide à l'origine.

Ma mère va craquer en voyant combien je suis charmant, attentionné et propre. Une mère infirmière, ça craint les microbes et ça stérilise tout. Mais c'est tellement facile de lui faire plaisir ! Depuis la séparation de mes parents, je garde sournoi-

sement un petit fond de tristesse dans mes prunelles bleu océan, et ma mère tente par tous les moyens de faire disparaître ce chagrin accusateur.

— Jérémie ! Je suis là !

— Allô, maman ! Ça va bien ?

— Oui, oui. Une salade de thon, ça t'irait pour le souper ?

Ce n'est pas mon plat préféré. La salade me donne toujours l'impression d'être en train de brouter ; ça me laisse une sensation de froideur dans l'estomac, mais quand il le faut, il le faut.

— Oui, comme tu veux.

Ma mère s'affaire déjà autour du réfrigérateur en me questionnant sur ma journée à l'école. Je la rassure en lui disant que tout a bien été, que j'aime tous mes enseignants, que nous avons travaillé très, très fort et que nous avons appris tout plein de choses merveilleuses et intéressantes.

La vérité, c'est que je n'ai pas fait d'éducation physique parce que j'avais oublié mon costume dans un sac de plastique à l'intérieur de mon casier la dernière fois et qu'il sentait le moribond. Il n'était pas question que j'endosse un bermuda en putréfaction. Alors j'ai dit à Victor Quintal, l'enseignant obèse, que j'avais mal au cœur (ce qui n'était pas tout à fait faux vu l'odeur que je venais de respirer). Et je suis allé sommeiller à l'infirmerie. En mathématiques, comme je suis le plus fort du groupe, j'ai terminé 45 minutes avant les autres et j'ai fait semblant d'aider Mathieu.

Le texte qu'on devait rédiger pendant le cours de français, je l'ai acheté deux dollars à Caroline, la plus géniale des filles de mon école. Géniale dans tous les sens, cette fille brille d'intelligence dans toutes les matières, et ses cheveux noirs coupés au carré lui donnent un air à couper le souffle. Elle ne semble même pas se rendre compte de l'effet qu'elle produit sur les gars. Elle brille, c'est tout. Finalement, j'ai fait suer Josée, l'enseignante d'écologie, parce que j'avais un trop plein d'énergie à la dernière période.

J'adore l'école secondaire ! C'est plus facile de déjouer quatre personnes différentes qu'une titulaire du primaire qui se prend pour votre mère.

La mienne semble satisfaite de mon compte rendu fictif. C'est le temps d'attaquer. Je vais dans ma chambre et je l'appelle pour qu'elle vienne m'aider à corriger ma fameuse rédaction écrite par Caroline. Elle veut tellement que j'augmente ma moyenne en français, qui se situe actuellement autour de 62, qu'elle accourt au premier appel. Elle fige sur le seuil de la porte.

— Doux Jésus ! Jérémie, c'est bien propre ici !

Elle est tellement surprise qu'elle oublie ce pourquoi je l'ai appelée. Après avoir vérifié sous mon lit et dans mes tiroirs en me complimentant sur ma maturité, elle s'en retourne à la cuisine en chantant.

Le repas terminé, je l'aide à ranger la vaisselle. C'est le temps de foncer.

— Maman, tu as vu la nouvelle bicyclette de Mathieu ?

— De qui ?

— De Mathieu. Tu sais le vélo de montagne ?

— Mmmm.

Je prends un ton un peu plaintif, mais pas trop parce qu'elle n'aime pas que je fasse pitié. Elle doit se sentir juste un peu coupable, pas trop. Sinon, ça fait l'effet inverse et elle se met en colère en disant que c'est la faute de mon père si on a moins d'argent qu'avant, etc.

Je lui explique donc les bienfaits d'une telle bicyclette sur mon état physique, sur mon moral, sur ma vie sociale et, par le fait même, sur mon rendement scolaire. Elle écoute attentive, elle sourit toujours, c'est bon signe. Je la sens prête à flancher. Elle finit par poser la question fatidique, celle qui peut tout faire rater.

— Combien ?

— Quelques centaines de dollars. C'est certain que c'est un peu cher, mais...

— Combien exactement ?

— Euh... un peu plus de six cents.

— Oublie ça, mon gars. On peut faire dix semaines d'épicerie avec ce montant-là.

Je n'entends pas la suite. Ça ne donne plus rien d'écouter. On ne gagne pas toujours la guerre dès la première bataille. Je me doutais bien qu'il y aurait un problème financier, c'est pourquoi j'ai prévu le plan « P ».

LE PLAN « P »

La promesse de mon père

Comme d'habitude, j'arrive chez mon père le dimanche soir avec armes et bagages. C'est à dire deux sacs à dos remplis à ras bord de vêtements pour une semaine, mes jeux Nintendo, mes deux émetteurs et ma vieille bicyclette reçue pour mon dixième anniversaire. Je crois que c'est le dernier cadeau que mes parents ont choisi ensemble.

Toby me tombe dessus, fait mine de vouloir déchirer mes sacs et me lèche les oreilles. Mon Labrador blond me manque tellement quand je vis dans le logement avec ma mère. J'avais six ans lorsque mes parents m'ont réveillé la nuit de Noël pour me présenter une petite boule de poil blond. Nous avons grandi ensemble jusqu'à ce qu'ils m'annoncent que Toby ne pouvait plus dormir avec moi, que la maison en ville était vendue, que je vivrais désormais partagé entre un nouveau logement chez ma mère et une vieille maison chez mon père, et que le chien partait à la campagne avec papa Je crois que c'est pour cela que Toby déteste tant mes sacs à dos. Chaque fois qu'il me voit faire mes valises, il pleure sur le pas de la porte de la chambre. Il s'améliore un peu tout de même, car au début, il pissait carrément sur le plancher en hurlant, au grand dam de mon père.

Avec mon paternel vendeur d'assurance, je ne dois pas tourner autour du pot. Il me faut arriver le plus rapidement possible à lui tirer une promesse. Il a lu quelque part qu'avec les adolescents « la négociation permet de maintenir une disci-

pline souple et de créer un climat familial harmonieux ». Alors nos échanges prennent souvent l'allure d'un marché de dernière heure dans une vente de débarras.

Après avoir fait ma tournée des lieux avec Toby pour me remettre dans l'ambiance campagnarde, je m'assois au salon face à mon père. Je vois dans son regard de commerçant qu'il ne cédera pas facilement une promesse ce soir. Il s'amuse ferme.

On s'entend finalement après trente minutes de négociations sur une note de 80 % en français pour mon premier bulletin au secondaire le mois prochain. En échange, j'ai sa promesse qu'il me paiera la bicyclette de mon choix et qu'il convaincra ma mère d'acheter la paire de gants en cuir noir qui donne de l'allure à tout cycliste qui se respecte. Je suis épuisé, mais ce n'est rien en comparaison de ce qui m'attend avec Sophie, mon enseignante de français.

LE PLAN « S »

Le sadisme de Sophie

Sophie possède deux défauts de taille. Elle enseigne le français, matière que je déteste au plus haut point, et elle n'est plus très jeune. Elle doit sûrement frôler la quarantaine. Malgré cela, elle sait rendre la plupart de ses cours presque intéressants, on rit même de temps en temps. Elle peut aussi expliquer des dizaines de fois les mêmes trucs sans se fâcher. De plus, elle ne semble jamais surprise de nos bouffonneries. Même quand Mathieu et moi nous nous surpassons, elle nous ramène à l'ordre avec des devoirs supplémentaires, mais sans crise d'hystérie. Puis elle passe à autre chose.

Par contre, cette semaine, je la surprends vraiment. Elle me regarde de temps en temps au-dessus de ses minuscules lunettes. Elle ne doit pas comprendre que je travaille avec acharnement sans envoyer de signaux à Mathieu. D'ailleurs, il me tombe sur les nerfs, celui-là aujourd'hui. Il arrive à faire en quelques minutes tous les exercices sur une espèce de complément direct du verbe sans faire d'erreur. Pour moi, le français c'est du vrai chinois ! J'ai beau poser les questions QUI ou QUOI quelque part dans la phrase, personne ne répond !

J'ai remis « mon » texte lundi matin comme prévu. Ça fait trois longs jours que j'attends le résultat, et Sophie ne semble pas avoir l'intention de nous en parler encore aujourd'hui. Un billet atterrit sur mon bureau. C'est de la part de Mathieu qui m'envoie un clin d'œil très évident.

A tu lé Walky Talky ?

Sacré Mathieu ! Il repère les compléments directs dans une phrase, mais il fait partie des zéros en orthographe. Je retourne le billet par la voie des airs.

A tu lé Walky Talky ?

Réponse : Affirmatif.

Nous partons après l'école pour une virée à vélo dans les sentiers forestiers entourant notre petite ville. Armés uniquement de mes émetteurs multidirectionnels, nous nous amusons à faire semblant de nous perdre. Nous devons nous repérer à l'aide des messages transmis par l'autre. Ces escapades nous ramènent toujours à la maison où papa nous attend avec un repas gastronomique de pain grillé au fromage ou de crêpes. En cette fin d'octobre, ce sont peut-être les derniers beaux jours de l'automne.

Il ne reste que cinq minutes à cette période de pur sadisme. Sophie nous a fait travailler en silence durant soixante-dix minutes ! Elle donne le signal et nous rangeons en trois secondes nos livres et nos crayons. Je me défoulerai cet après-midi en mathématiques et en anglais. J'ai besoin de bouger et de parler, moi ! Sophie se dirige vers moi.

— Jérémie, tu restes après le cours. Je dois te parler.

— Quoi ? Qu'est-ce que j'ai fait ?

— Je dois seulement te parler. C'est tout.

Nous n'avons qu'une heure pour dîner. Quelle souffrance de perdre un temps si précieux pour discuter avec une enseignante !

Les trois « ding » du timbre se font entendre. Au dernier, il ne reste que

Sophie et moi dans la classe. Je déteste être seul en face d'un enseignant. Ça me donne la même impression que dans le cauchemar que j'ai fait l'autre nuit. Je suis complètement nu au centre commercial ! Tout le monde me regarde et je suis le seul à ne pas me rendre compte de ma nudité. Tout à coup, je vois mon reflet dans une vitrine. Horreur ! Tout le monde rit et moi je braille comme un bébé.

Sophie continue de me fixer sans parler. C'est elle qui a demandé à me voir, pas moi. Qu'est-ce qu'elle attend de moi ?

— Jérémie, où est ton plan ?

Comment sait-elle que je planifie l'obtention d'un vélo de montagne ?

— Quoi ?

— Jérémie, où est ton plan ?

— Ton plan ! Le plan de ton texte !

— Ah ! celui-là !

— Oui et le brouillon. Tu sais qu'il faut toujours me remettre le plan, le brouillon et la copie définitive de tes textes.

— Oui, oui.

— Est-ce que tu pourrais me raconter l'histoire que tu as inventée ?

— Eh... bien sûr ! Eh... C'est l'histoire d'un gars, he...

— Un gars qui s'appelle Julie ?

— Eh ! Ah ! Oui ! Excuse-moi, je suis mêlé. Eh... C'est l'histoire d'une fille qui s'appelle Julie, et puis là... Elle parle au téléphone avec une amie.

— Au téléphone ? au XVIIIe siècle ?

— Eh... oui... eh... C'est de la science-fiction, eh...

— Écoute, Jérémie. Je sais que ce n'est pas toi qui as écrit ce texte. Ce n'est pas ton genre d'histoire et ce n'est surtout pas ton écriture habituelle. Tu aurais pu au moins le lire et le réécrire. Je vais devoir appeler tes parents.

Oups ! Je dois réagir vite ! Une larme glisse sur ma joue et une autre s'accroche aux cils de mon œil droit. Je vois tout de suite que ça marche. Sophie blêmit. Elle ne supportera pas longtemps de me voir pleurer. Les femmes d'un certain âge ne résistent jamais. Elles craquent devant mon visage angélique et mes yeux bleus en pleurs. Je ne sais pas si j'aurai autant de succès avec les filles de mon âge, je n'ai pas encore essayé ce truc.

— Je l'ai remis, mon texte, Sophie, je suis certain. Il doit y avoir une erreur. Ce texte-là, c'est pas le mien.

Son visage s'adoucit, le mien demeure inondé de larmes de crocodile. L'interphone interrompt ma jérémiade. La secrétaire de l'école annonce à ma victime qu'elle doit se rendre au secrétariat. Sophie hésite.

— Je n'ai pas le temps à midi, et je donne des cours tout l'après-midi. Je vérifie ce soir les textes de tous mes groupes. Si je ne trouve pas le tien, je téléphone pour annoncer à tes parents que tu obtiens un gros zéro pour ce texte, mais tu devras en écrire un quand même. C'est clair ?

— Oui, oui. Tu vas voir. Tu vas le trouver, mon texte. Il est très bon à part ça.

— C'est beau, c'est beau. Va dîner maintenant.

Elle range rapidement le « faux texte » dans un dossier. Sophie enseigne à quatre groupes de première secondaire. Elle traîne constamment quatre dossiers identiques remplis de travaux à corriger. Je remarque qu'elle inscrit dans le coin droit de chacun le numéro du groupe. Je quitte la classe, l'air encore penaud. Cette fois, je ne triche pas. Mon visage exprime vraiment l'état de mon moral. Je dois trouver à midi le plan, le brouillon et la copie définitive d'un texte « super » bon, au moins assez bon pour obtenir un résultat de 80 % ! Ensuite, je glisserai le tout dans un des dossiers de Sophie avant qu'elle ne vérifie ce soir. Ça se corse !

LE PLAN « C »

La cruauté de Caroline

Je trouve Caroline à la cafétéria en train de dîner avec ses amies. Elle est assise juste à côté d'un groupe de molosses de troisième secondaire. C'est fou ce que les gars peuvent changer en douze mois. L'an dernier ces gars-là devaient me dépasser seulement d'une tête, et ils me parlaient encore lorsqu'on se rencontrait au parc par hasard. Maintenant, on dirait de vrais gorilles. Ils s'empiffrent de sandwichs qui doivent contenir des stéroïdes pour les faire grandir à cette vitesse et des somnifères pour leur donner cet air avachi. Plus leurs épaules s'élargissent et leurs jambes s'allongent, plus ils manquent d'énergie. Ils étalent leur trop grand corps sur la place publique après le dîner et observent, malgré leurs paupières lourdes, les filles plus jeunes qui se pavanent en échangeant des secrets et des fous rires.

Moi, d'habitude, je préfère aller à l'extérieur de l'école pour jouer au soccer. Mon cerveau et mon corps ramolliront bien assez vite. À midi, je dois convaincre la géniale Caroline de me pondre un travail complet en quelques heures. J'évite de me faire remarquer par les mastodontes qui engloutissent leur dîner et je me glisse sur le banc à côté de Caroline. J'explique discrètement à mon héroïne l'échec du texte de français.

— Quel idiot ! T'as pas retranscrit le texte ?

— Non ! J'étais pressé et je me fiais à ton talent d'écrivain.

— C'était seulement un brouillon ! Qu'est-ce que tu pensais avoir pour deux dollars ?

— Je le sais. J'ai été nono. Mais là, il faut que tu me sortes du pétrin. Ton prix sera le mien.

Elle me regarde attentivement. Elle me ferait de l'effet, cette fille, si j'avais le temps de m'occuper de ma vie sentimentale. Je me rends compte tout à coup qu'elle émoustille aussi le groupe d'adolescents en mutation. Celui qui semble être le chef me lance des boulettes de pain encore humide.

— Occupe-toi pas d'eux. Tu disais que mon prix serait le tien ?

Je reçois une boulette en pleine figure. Ma vie ne tient qu'à un fil s'ils trouvent assez d'énergie pour se lever.

— Tout doux, les gars ! C'est mon cousin. On est en train de régler un problème familial.

Son cousin ! C'est à mon tour d'interroger Caroline du regard pendant que le groupe de molosses se calme et retourne à son banquet de sandwich.

— Ben oui ! Ils ont l'instinct de défense du territoire très élevé, ces gars-là. Pourvu que t'es de la famille, y a pas de problème. Alors, qu'est-ce que tu veux finalement ?

— Un travail de français, plan, brouillon, copie définitive avant seize heures.

Elle réfléchit quelques secondes.

— C'est dix dollars, et tu l'auras demain matin.

— T'es malade ! Dix dollars !

— Attention, Jérémie. J'ai juste à dire à mes amis à côté que t'es pas vraiment mon cousin et tu auras un problème de français... et de santé.

— T'es cruelle, Caroline. Je te confie ma vie et t'en profites. J'ai besoin de ce travail ce soir. Demain, il sera trop tard.

Elle rit. Seigneur qu'elle est jolie quand elle rit !

— J'ai un brouillon qui traîne dans mon sac. Je peux faire le plan et la copie définitive pendant mes cours cet après-midi, mais si tu veux une bonne note, donne-moi du temps. À dix-sept heures, viens me rejoindre ici. Tu me remettras dix dollars et je te sauverai la vie encore une fois.

Elle a raison comme toujours. Faire un bon travail, ça demande du temps. Je lui file un clin d'œil pour clore notre accord. Puis sans me retourner vers mes lanceurs de boulettes, je pars à la recherche de Mathieu. J'aurai besoin de lui pour mon prochain plan.

LE PLAN « E »

L'espion estropié

C'est la troisième fois que j'explique à Mathieu qu'il doit suivre notre enseignante de français à la fin des cours et qu'il ne doit surtout pas perdre de vue le sac noir dans lequel elle glisse toujours les quatre dossiers de correction de ses groupes. Sans arrêt, il me coupe la parole avec des objections insignifiantes du genre :

— Comment je vais faire pour la suivre ? Elle sera en voiture et moi en vélo ?

— C'est simple pourtant. Elle habite tout juste à la sortie de la ville, à peine trois kilomètres. Tu peux facilement la suivre à distance. Ça ne roule pas vite à cette heure-là. Tu le sais, on dépasse presque toujours les voitures. Une fois chez elle, tu surveilles attentivement tous ses gestes pour savoir à quel endroit elle dépose son sac.

— Tout le monde va me voir espionner autour de chez elle. J'ai pas envie de passer pour un voyeur.

— T'es capable de faire ça discrètement. Aie confiance en toi un peu. Je rencontre Caroline à dix-sept heures au plus tard. Elle me remet le travail. Je viens te rejoindre et je trouverai bien un moyen de la faire sortir de la maison. Puis j'entre déposer mon travail dans le fameux sac noir. Elle ne doit pas corriger avant de souper.

— C'est complètement stupide, cette histoire-là. On va se faire coincer, je le sens.

— Ne me lâche pas. J'ai besoin de toi pour cette mission. Nous gardons contact avec nos émetteurs.

— C'est bon ! Je vais le faire, mais c'est la dernière fois que tu m'embarques dans tes manigances.

— Merci, Mathieu ! Ah oui ! J'oubliais. Aurais-tu dix dollars à me prêter ?

— ! ! !

À seize heures, Mathieu se précipite sur son vélo et attend que Sophie prenne place dans sa vieille Nissan familiale. Je les surveille de loin. Mathieu prend sa mission très à cœur comme toujours. Nous testons la clarté de la communication des émetteurs. Sophie habite à la limite de la portée de ces machins. J'espère qu'il n'y aura pas de problème.

— Tu me reçois, Mathieu ?

— Cinq sur cinq.

— Parfait ! Garde contact sur le canal 4. S'il y a un pépin, appelle-moi.

— D'accord ! Terminé !

Sophie sort par la porte principale. Elle traîne bel et bien son éternel sac noir qui semble peser une tonne. Elle ouvre la portière arrière, lance son sac qui s'échoue à côté de sa roue de secours et s'installe au volant.

— Prêt, Mathieu ?

— Oui, patron !

— Bonne mission !

— Merci ! Terminé.

Tout fonctionne jusqu'à maintenant, mais la partie est loin d'être gagnée. Je dois récupérer le travail et rejoindre Mathieu. J'espère que Sophie laisse son sac près de la porte d'entée. Je n'ai pas dévoilé la suite de mon plan à mon copain parce qu'il aurait refusé dès le départ de me suivre dans cette aventure. Il faudra qu'il fasse une chute en vélo dans la rue juste en face de la maison de Sophie. J'entrerai chez elle pour demander de l'aide. Elle voudra sûrement soigner les blessures de Mathieu. Pendant qu'elle jouera les bonnes samaritaines, je déposerai mon travail dans son sac. L'important c'est qu'elle le trouve quand elle corrigera plus tard. Ce plan comprend quelques risques, mais ça va marcher. Je le sens. Je suis un génie !

Je rejoins Caroline à la cafétéria. Seule au milieu des tables vides, elle termine la copie définitive de « mon » travail.

— Je trouve que tu négliges l'écriture. Pour dix dollars, tu pourrais faire mieux.

— Ah quel idiot ! Je fais exprès pour que Sophie pense que c'est toi qui l'as écrit.

— Je peux pas être un génie dans tout ! On pourrait faire équipe, toi et moi.

— Laisse tomber. Je viens de décider que c'est la dernière fois que je vends un travail. J'ai bûché tout l'après-midi pour ça. En plus, si je me fais pincer, je vais être la honte de toute ma famille et la risée de l'école. Ça vaut pas le coup. Tu t'arrangeras seul à l'avenir. Donne-moi mes dix dollars et oublie-moi.

Je lui tends son dû, elle me remet le travail.

— Merci, Caroline ! Je ne te demanderai plus rien, sauf...

— Quoi encore ?

— Ben... on pourrait aller voir un film un soir, toi et moi ensemble, je veux dire en ami.

— Toi et moi ? Excuse-moi, Jérémie, mais j'ai réfléchi en travaillant aujourd'hui. Après mûre réflexion, je préfère les gars honnêtes.

L'émetteur sonne et met fin à notre conversation. De toute manière, je n'aurais pas su quoi répondre à la belle Caroline qui s'en va la tête haute. On peut dire qu'elle frappe fort quand elle le veut.

— J'écoute, Mathieu !

— Mission accomplie.

— Explique.

— Le véhicule est garé sous l'abri d'auto.

— Le sac ?

— Toujours à l'arrière.

— Parfait, j'arrive.

— Qu'est-ce que je fais en attendant ?

— Reste en poste.

— J'ai l'air d'un épais à niaiser dans la rue.

— Cache-toi quelque part derrière un arbre ou fais des acrobaties discrètement.

— Un, il n'y a pas d'arbre ici. Deux, je ne peux pas faire des acrobaties sans me faire remarquer.

— Bouge pas, j'arrive. Terminé.

Je file à vélo le plus rapidement possible. Lorsque j'accède à la rue où habite mon enseignante, l'émetteur sonne à nouveau. Je peux maintenant voir Mathieu qui fait les cent pas sur le trottoir en maintenant l'émetteur près de son visage. En sortant de sa cour, Sophie lance à mon espion un grand salut. Mathieu me voit. Son regard fait des aller-retour rapides vers moi arrivant d'un côté de la rue, puis vers Sophie qui s'éloigne. Quand je freine à la hauteur de mon copain, son visage traduit une panique démesurée.

— T'as vu ça ? Elle m'a salué ! Je vais me faire pincer.

— Voyons, Mathieu ! T'as le droit de faire du vélo dans cette rue comme tout le monde. Du calme, ça va aller ?

— Oui, oui ! C'est vrai qu'elle ne sait pas ce qu'on est venu faire. En passant, qu'est-ce qu'on est venu faire ?

— Où est le sac ?

— Toujours à l'arrière de sa voiture.

— Parfait ! Viens, on y va.

— Où ça ? Pas dans sa cour ? Elle peut revenir n'importe quand. T'es malade ! Moi, je reste ici.

— Toi, tu fais le guet pendant que j'essaie d'ouvrir la portière de la voiture. J'espère qu'elle n'est pas verrouillée.

— T'es un malade, Jérémie ! Tu le sais, ça ?

— Y aura pas de problème, tu vas voir. C'est encore plus facile que je l'imaginais. Sophie absente et le sac tout seul bien en vue Elle ne saura jamais que j'ai déposé mon travail ce soir Allez ! Viens ! Place-toi près de la haie de cèdres à l'avant de la maison et guette des deux côtés de la rue. Si tu la vois arriver, siffle un bon coup. Tu sais siffler, au moins ?

Mathieu fait entendre un sifflement aigu et prolongé.

— Parfait, on y va !

Nous laissons nos bicyclettes sur le trottoir et Mathieu se place à quatre pattes près de la haie de cèdres. Il rouspète tout le temps, mais il finit toujours par faire ce que je lui demande. Je me dirige vers le véhicule en prenant l'air ahuri d'un jeune scout vendeur de chocolat. Rien de tel pour éloigner l'attention des voisins. Ils vont tous se cacher en faisant semblant d'être absents.

J'actionne la poignée de la portière arrière, elle répond admirablement. Miracle ! Sophie ne verrouille pas son véhicule. Le sac est là qui m'attend, à côté du cric et de la roue de secours. Je l'ouvre rapidement, prends le travail caché sous mon gilet et le glisse dans un dossier. N'importe lequel fera l'affaire puisque Sophie doit croire qu'elle l'a égaré. Ça peut arriver à tout le monde, une distraction de

ce genre. Je souris à la pensée que Sophie me fera peut-être des excuses demain matin quand tout à coup, j'entends un cri d'horreur.

Franchement ! Mathieu exagère. On s'est entendu sur un sifflement pas sur un cri digne du dernier *Parc Jurassique*. Je me retourne et vois une scène dramatique. Un immense chien noir tient dans sa gueule le postérieur de mon ami qui tente de se relever en s'agrippant tant bien que mal aux cèdres qui bornent le terrain.

J'attrape le cric, puis je fonce sur la bête. Je lui en assène deux coups. Le premier, sur le crâne, ne le fait pas démordre. Il continue de secouer le pantalon de Mathieu en grognant. Le second, sur le museau, lui fait enfin lâcher prise. Mathieu s'étend de tout son long par terre pendant que je tente désespérément de repousser le mangeur de fond de culotte. Je hurle en brandissant le cric et je feins des attaques.

Je dois être convaincant, car il s'élance dans la rue après deux aboiements retentissants.

Tout est tranquille dans la rue. Aucun regard curieux ne vient soulever le coin d'un rideau. Mon plan fonctionne, mais ça m'effraie un peu de constater à quel point l'indifférence se glisse dans les rues des petites villes. Même des cris de douleurs comme ceux de Mathieu tout à l'heure passent inaperçus. Il se relève maintenant en geignant. Son pantalon porte les marques des crocs du chien.

— Ça va, Mathieu ?

— Je crois... oui.

— Laisse-moi voir si t'es blessé.

— Touche-moi pas !

— Hey ! t'oublies que je viens de te sauver la vie.

— Oh oui ! C'est ta faute si j'ai les fesses en sang et si mon pantalon est fini.

Il se met à pleurer. C'est vrai qu'il saigne. Son pantalon en témoigne.

— Viens ! On s'en va chez moi. Je vais essayer de panser tes blessures.

Déjà avant cet incident, lorsque Mathieu marchait, le fond de sa culotte pendouillait à la hauteur des genoux. Maintenant, c'est catastrophique ! Le tissu déchiré et taché pend plus tragiquement et à chaque pas, Mathieu lance un petit cri étouffé. Je lui prends le bras pour l'aider à marcher. Il me repousse énergiquement.

— Est-ce que tu crois pouvoir pédaler jusque chez moi ? C'est à deux kilomètres environ.

Son regard me fait peur. Ses yeux remplis de larmes n'arrivent pas à noyer sa frustration. Aurais-je perdu son amitié ? Il marmonne quelque chose en se dirigeant vers sa bicyclette. Je cours fermer la portière de la voiture sans oublier d'y laisser le cric et je récupère, moi aussi, ma bicyclette. Je suis Mathieu qui pédale péniblement debout. Je ne crois pas qu'il puisse s'asseoir de sitôt. À chaque effort, il gémit et des larmes sillonnent son visage.

Je dois trouver rapidement une explication plausible pour mon père qui ne manquera pas de remarquer la détresse vestimentaire et physique de mon ami estropié. Je vois déjà la maison. Toby saute allégrement à l'entrée, car il n'a pas le droit de franchir les limites du terrain. Il m'attend, toujours fidèle. Euréka ! J'ai trouvé l'explication parfaite dont j'ai besoin pour calmer mon père.

LE PLAN « T »

Toby, mon tendre toutou

Je me place immédiatement à côté de Mathieu et l'avise de me laisser raconter à mon père les derniers événements. Il ne me regarde même pas, mais je vois bien qu'il souffre de plus en plus.

Dès notre arrivée dans la cour, Toby se lance sur nous et saute de joie. Mathieu laisse tomber son vélo et se couche à plat ventre sur l'herbe. Toby lui lèche les oreilles et la nuque. Je laisse passer quelques secondes, le temps nécessaire pour que mon explication prenne toute sa vraisemblance, puis je pousse un cri de frayeur.

Toby recule de peur, Mathieu sursaute et se retrouve à genoux pendant que mon père sort précipitamment de la maison suivi d'une femme... Sophie ! Qu'est-ce qu'elle fait ici ? Sa bicyclette est tout près de la porte d'entrée, mais je ne l'avais pas remarquée. Elle fait des heures supplémentaires à bicyclette maintenant ?

— Qu'est-ce qui s'est passé ? hurle mon père.

— Eh ! c'est Toby. Il a mordu Mathieu sans faire exprès.

Mathieu cesse de pleurer sur le coup et me regarde, les yeux vitreux. Mon père n'en revient pas.

— Toby ?

— Oui, mais c'est un accident. On l'a agacé un peu trop fort et il n'a pas résisté aux fesses de Mathieu.

Sophie s'avance et aide le blessé à se relever. Il tangue un peu en voyant notre enseignante chez moi. Il fait peut-être un peu de fièvre, et je pense qu'il croit rêver. Il la regarde, la bouche ouverte. Un peu de salive s'échappe à la commissure droite de ses lèvres. Elle lui parle doucement en articulant bien chaque syllabe.

— Viens ! Je vais regarder tes blessures et vérifier si tu as besoin d'aller à l'hôpital.

— Non ! Non ! Il n'est pas question que je montre mes fesses à une enseignante. Jamais de la vie !

Il se débat, recule et se tient maintenant bien droit. Son teint verdâtre indique qu'il souffre encore, mais son orgueil le soutient. Ça me soulage de voir qu'il est assez lucide pour riposter. J'ai cru un moment qu'il frôlait la mort.

Cet instinct de survie de mon copain me rappelle que moi aussi, je dois me défendre. Je pointe Sophie et je demande à mon père :

— Qu'est-ce qu'elle fait ici, elle ?

— Sois poli ! C'est une bonne amie à moi... Elle passait me dire bonjour et prendre un café quand je t'ai entendu hurler.

— Une bonne amie ! Depuis quand ?

Mon père rougit. Sophie n'en mène pas large non plus, mais c'est quand même elle qui me répond :

— Écoute, Jérémie. Ton père et moi, nous avons sorti ensemble deux ou trois fois et... Je voulais justement t'en parler. Eh... Je ne mêle jamais le travail et la vie privée, alors je n'ai jamais parlé de ton travail scolaire à ton père... En tout cas, pas encore, si tu vois ce que je veux dire.

— Quoi ! Tu sors avec mon enseignante de français ?

Mon père n'a pas le temps de répondre à mon cri de détresse, car Mathieu s'évanouit. Sophie prend la situation en main tout de suite.

— On s'occupe de Mathieu d'abord. Vous réglerez vos petits problèmes plus tard. Il faut aussi attacher Toby.

Elle court à la maison appeler du secours. Mon père attache Toby à sa niche. Pauvre toutou ! Il ne comprend rien. Il tire sur sa chaîne comme un forcené pour venir me rejoindre. Mon père le regarde tristement. J'essaie de réanimer Mathieu en lui tapotant les joues. Sophie revient avec une serviette humide qu'elle place sur le front trop blanc de mon ami. Nous l'entourons tous les trois. Il semble revenir à lui doucement. Toby aboie sans arrêt. Il doit croire que nous inventons un nouveau jeu et il veut y participer. Sophie continue de parler à Mathieu. J'entends au loin la sirène de l'ambulance. Pauvre ami ! Cette fois-ci, je l'ai mis dans de beaux draps. Mon père met sa main sur mon épaule. Il a dû remarquer mon désarroi et il veut probablement m'encourager.

— Tu sais, mon grand, il va falloir faire tuer Toby.

— Non !...

LE PLAN « F »

Finies, les folies !

Sophie accompagne Mathieu dans l'ambulance. Elle avisera les parents de mon copain à l'hôpital. Moi, je m'assois par terre, car la tête me tourne. Mon père reste ferme sur sa décision. Il veut immédiatement amener Toby à la Société protectrice des animaux pour le faire euthanasier. Ça va trop vite et trop loin ! Un instant, j'ai besoin de réfléchir... Il se lève et se dirige déjà vers mon Toby.

— Papa ! Fais pas ça. Je t'en supplie.

— Un chien qui a mordu une fois peut le refaire n'importe quand. Tu comprends ? C'est trop dangereux. Je sais que ça te fait de la peine, mais pense à Mathieu.

— Je... C'est pas sa faute... C'est moi qui...

— Non, non ! Toby n'avait aucune raison de faire ça. N'essaie pas de l'excuser.

— C'est pas lui... J'ai... Toby n'a pas mordu Mathieu.

— Quoi ?

Pendant ce qui m'a semblé un siècle au moins, j'explique à mon père toute l'histoire. Il me questionne, me fait répéter des passages qu'il feint de ne pas comprendre, mais n'émet aucun commentaire. Un vrai supplice pour moi !

Quand enfin je me tais, il reste silencieux. Nous sommes toujours assis sur le gazon et le froid de cette soirée d'automne me glace. Je frissonne. Toby roupille dans sa niche depuis un bon moment. Je ne vois pas le visage de mon père, c'est probablement mieux ainsi. Après d'interminables minutes de mutisme, il m'ordonne d'aller dans ma chambre. Ce que je fais sans rouspéter.

Lorsqu'il est en colère, mon père ne parle pas. Ça peut durer des heures. Il bouillonne par en-dedans. Pendant ce temps, moi, je mijote. Isolé dans ma chambre, je m'étends sur mon lit pour attendre le verdict paternel et des nouvelles de Mathieu. Je me réconforte en me répétant que mon aveu a au moins sauvé Toby.

Je ne sais pas combien de temps j'ai dormi. Il fait toujours nuit dehors, mais des voix me parviennent de la cuisine. J'ouvre timidement la porte de ma chambre et ce que je vois me paralyse sur place. Mon père discute avec ma mère et Sophie ! Attablés tous les trois devant leur café, ils causent cordialement. Je n'entends pas ce qu'ils disent, mais je n'ose pas sortir de ma chambre pour aller vérifier de plus près. Mon père se lève pour remplir les tasses de café. Plus personne ne parle. Mon père se rassoit. Il regarde ma mère, puis Sophie et annonce d'un air satisfait :

— Je suis bien content. Je crois que nous tenons la bonne stratégie. Mesdames, nous avons un plan infaillible.

LE PLAN « A »

L'alliance des adultes

Les fesses de Mathieu vont bien. Quelques injections contre la rage, le tétanos et autres petites bestioles mangeuses d'hommes, l'ont vite remis sur pied. Les dents de l'animal n'ont laissé que trois ou quatre cicatrices minimes. Il se plaint à qui veut l'entendre que son potentiel de séduction est amoindri, mais, en fait, il a eu plus de peur que de mal.

D'après les médecins, son pantalon lui a sauvé une bonne partie du fessier. Le chien a probablement été berné par l'ampleur du vêtement. Son évanouissement résulte seulement du choc et de la peur de l'attaque bestiale. Mathieu m'a fait promettre de ne jamais parler de cette faiblesse à l'école. Il raconte à sa manière la version des faits. Caroline semble le trouver bien comique quand il mime les présumées savates qu'il a administrées au chien. Je lui dois bien ça. De toute façon, je suis trop occupé pour participer à sa glorification.

L'alliance de mes parents et de mon enseignante ont bouleversé ma vie. D'abord, tous les soirs, je dois rendre compte de mes faits et gestes à mon père ou à ma mère. Puis, ils vérifient systématiquement dans mon agenda scolaire si tout est conforme, car un avis remis aux enseignants les invite, pour un certain temps, à y inscrire chaque absence de l'école et chaque retard académique. Je me suis senti drôlement coincé au début, mais maintenant ça va. Ma mère en profite pour rester dans ma chambre le soir pour « échanger », dit-elle. Avant, elle n'avait pas vraiment le temps.

La deuxième partie de leur plan porte la signature de Sophie, c'est certain. Ça lui ressemble trop. Comme je n'avais pas composé de texte pour le bulletin de français, ils m'ont obligé à écrire toute cette histoire... J'entends encore mon père m'annoncer que mon imagination fertile me servirait cette fois-ci à me sortir du pétrin.

— ...Sophie te donne cette chance. Elle corrigera ton texte et ce résultat apparaîtra au bulletin. Alors fais de ton mieux et n'oublie pas que tu dois dire toute la vérité et rien que la vérité. Je la connais, moi, ton histoire. Ah oui ! Pour la bicyclette neuve, tu peux oublier ça pour quelque temps. Il faut réapprendre à se faire confiance avant tout.

Mon père et Sophie se fréquentent plus ouvertement. Je n'y peux rien, il paraît. Je bougonne pour la forme, car elle n'est pas si mal, Sophie. Elle m'aide de temps en temps à faire mes devoirs. Elle, au moins, je la connais et nous pouvons discuter ensemble.

Ma mère aussi a un nouvel ami, une espèce d'infirmier qui s'adresse à moi comme si j'avais cinq ans. « Allô ! C'est toi, le grand garçon de Mireille ? Moi, c'est Gilbert, un ami de ta maman... ». Je sens qu'une autre histoire germe doucement dans le fin fond de mon imagination trop fertile !...

Fin

TABLE DES MATIÈRES

Le Plan M – Le ménage de ma mère

. . . . 9

Le Plan P – La promesse de mon père

. . . . 19

Le Plan S – Le sadisme de Sophie . . 23

Le Plan C – La cruauté de Caroline . 35

Le Plan E – L'espion estropié 43

Le Plan T – Toby, mon tendre toutou . 61

Le Plan F – Finies, les folies ! 69

Le Plan A – L'alliance des adultes . . 75

Dans la collection À cheval !

aux Éditions de la Paix

127, rue Lussier
Saint-Alphonse-de-Granby, Qc J0E 2A0
Téléphone et télécopieur (450) 375-4765
info@editpaix.qc.ca   www.editpaix.qc.ca

Le Plan V

Cauchemar sur la ville

Le Retour du cauchemar, (la suite)

sr@fantomes À vos risques et périls

Don Quichotte Robidoux

Argent double, agent double

Dans la fosse du serpent à deux têtes

L'Été de tous les maux

La Fiole des Zarrondis

Adieu, Limonade

Indiana Tommy

Tommy Laventurier

L'Étrange Amie de Julie

Clonage-choc

Julien César

Libérez les fantômes

Sorcier aux trousses